ESTE LIBRO
PERTENECE A:

- -

Para Bea, maestra de conejos, pulpos y tucanes
y amiga de lobos y dragones
BEGOÑA ORO

Papel certificado por el Forest Stewardship Council®

Primera edición: febrero de 2022

© 2023, Begoña Oro
© 2023, Penguin Random House Grupo Editorial, S. A. U.
Travessera de Gràcia, 47-49. 08021 Barcelona
© 2023, Keila Elm, por las ilustraciones

Printed in Spain – Impreso en España

ISBN: 978-84-488-6375-3
Depósito legal: B-22.422-2022

Compuesto por Keila Elm
Impreso en Talleres Gráficos Soler, S. A.
Esplugues de Llobregat (Barcelona)

BE 63753

El dragón de las letras

EL LEÓN DESMELENADO NO SE COME NI UN BOCADO

♪ Beascoa

AQUÍ HAY UN
DRAGÓN...

PERO ¡NO ES UN DRAGÓN CUALQUIERA!
ES EL DRAGÓN RAMÓN Y ES ESPECIAL PORQUE...

¡ES EL DRAGÓN DE LAS LETRAS!

RAMÓN ES UN **CACHORRO DE DRAGÓN** Y TIENE TODO LO QUE UN DRAGÓN SUELE TENER:

ALAS DE DRAGÓN

ESCAMAS DE DRAGÓN

COLA DE DRAGÓN

FAUCES DE DRAGÓN

PATITAS DE DRAGÓN

PERO HAY ALGO QUE HACE A **RAMÓN**
DISTINTO A LOS DEMÁS DRAGONES:
NO ES CAPAZ DE ECHAR FUEGO POR LA BOCA.

¡PARECE UN DRAMÓN!

PERO NO LO ES.

CADA VEZ QUE RAMÓN INTENTA ESCUPIR FUEGO, EN VEZ
DE FUEGO, ECHA UNA LETRA. ¡Y CON LAS LETRAS SE PUEDEN
VIVIR UN MONTÓN DE AVENTURAS Y RESOLVER TODO TIPO
DE PROBLEMAS!

TODO EL MUNDO LO SABE, Y AHORA, CUANDO ALGUIEN
TIENE UN PROBLEMA, LLAMA AL **DRAGÓN DE LAS LETRAS**.
Y LO MEJOR ES QUE RAMÓN SIEMPRE SIEMPRE
ACUDE AL RESCATE.

LO QUE NADIE SABE, NI SIQUIERA EL PROPIO **RAMÓN**,
ES QUÉ LETRA SALDRÁ.
(PASA LA PÁGINA Y LO AVERIGUARÁS).

ELOY ES UN LEÓN
DE LA SABANA.

UN DÍA SE LEVANTA Y...
¡NO VE
NADA!

RAMÓN VU**E**LA AL R**E**SCAT**E**.

¿QU**É** L**E**TRA SALDRÁ D**E** SUS FAUC**ES**?

¡UNA **E**!

PERO **E**LOY NO LA VE.

LA V**E E**ST**E**LA,
LA GAC**E**LA.

LA V**E** **E**VA,
LA C**E**BRA.

Y TAMBI** É**N **E**DU,
EL **E**L**E**FANTE.

–**E**S UNA **E**,
PARA QU**E** **E**LOY **E**L LEÓN
PU**E**DA V**E**R.

—¡**E**LOY **E**L LE**Ó**N!

—¡QU**É** MI**E**DO!

—¡QU**É** HORROR!

LOS TR**E**S S**E** **E**SCOND**E**N.

¡MENOS MAL!
PORQUE AHÍ LLEGA...

LA L**E**ONA **ELE**NA,
LA MAMÁ D**E E**LOY.

—¡AY, HIJO!
¡QUÉ MELENA!

—¡NO M**E E**XTRAÑA QU**E** NO V**E**AS!

POR **E**SO
ESCUPÍ LA **E**.

¡ES UN P**E**IN**E**
ESP**E**CIAL!

ELENA LAM**E** LA M**E**L**E**NA.

CON LA E,
LA PEINA PARA ATRÁS.

—¡CORR**E**D,
EST**E**LA,
EVA, **E**DU!

¡OS QUIERE **D**EVORAR!

LOS TRES HUYEN
DEL LEÓN
PEINADO Y
REPEINADO.

EL DRAGÓN
LANZA UNA **E**.

Y OTRA,

Y OTRA,

Y OTRA **E**.

¡HA **E**NJAULADO AL L**E**ÓN!

–¡DRAGÓN, LIBÉRAME!

–CUANDO S**E** T**E** PAS**E**
EL HAMBR**E** O...

TE DESMELENES OTRA VEZ.

TODOS LOS
ANIMAL**E**S
BAILAN
R**E**GUE**T**ÓN.

Y **EL** LEÓN
S**E** D**E**SM**E**L**E**NA.

¡EL PELIGRO YA PASÓ!

UN LEÓN
CON FLEQUILLO
¡ES INOFENSIVO!

Y ESA **E**, DE MOMENTO,
SE QUEDA EN EL BOLSILLO.

¿ESTA ES ELENA? ¡NO! ES ELOY SIN SU MELENA. ¡**DIBÚJASELA** Y PÍNTALO!

NO VEO, NO VEO

COMPLETA EL DIÁLOGO CON ESTAS PALABRAS:

MELENA   PEINE   NADA

—VEO, VEO. ¿QUÉ VES?

—NO VEO _____.

—¿Y ESO POR QUÉ?

—POR MI _____.

—PUES TE LA PEINAS.

—DAME UN _____

Y ME LA PEINARÉ.

LÍO DE NOMBRES

¡SE HAN ESCAPADO LAS **E** DE ESTOS NOMBRES!
COMPLÉTALOS CON LAS **E** QUE FALTAN.
LUEGO UNE CADA ANIMAL CON SU NOMBRE.

E_VA   LEÓN

_L_NA   GACELA

_LOY   ELEFANTE

_ST_LA   LEONA

_DU   CEBRA

UNA E RECORTABLE

¿TE ANIMAS A HACER ESTA MANUALIDAD CON RAMÓN?

¡RECORTA LA E Y PÍNTALA CON TUS COLORES FAVORITOS!